CATALOGUE

DE LIVRES

Gravures et Dessins

PROVENANT DE LA

BIBLIOTHÈQUE DE FEU M. VERNIQUET

ANCIEN ARCHITECTE DE LA VILLE DE PARIS

DONT LA VENTE AURA LIEU

RUE DES BONS-ENFANTS, N° 28, SALLE N° 2

le Samedi 14 Avril 1866

A SEPT HEURES DU SOIR

Par le ministère de M* **CHARLES PILLET**, Commissaire-Priseur,
rue de Choiseul, 11.

Assisté de **M. LAVIGNE**, Expert-Libraire de la Chambre des
Commissaires-Priseurs, rue de Trévise, 38.

Chez lesquels se distribue le Catalogue.

**Sciences et Arts, Belles-Lettres
et Histoire.
Livres d'Architecture; César Daly;
Ouvrages à figures; recueils de
Gravures; Poëtes anciens; recueils
d'Emblèmes.
Plan de Paris de Verniquet;
Documents Manuscrits,
Antiquités, Blasons, etc., etc.**

EXPOSITION PUBLIQUE, DE 2 HEURES A 4 HEURES.

PARIS

IMPRIMERIE DE A. PILLET FILS AÎNÉ

RUE DES GRANDS-AUGUSTINS, 5

1866

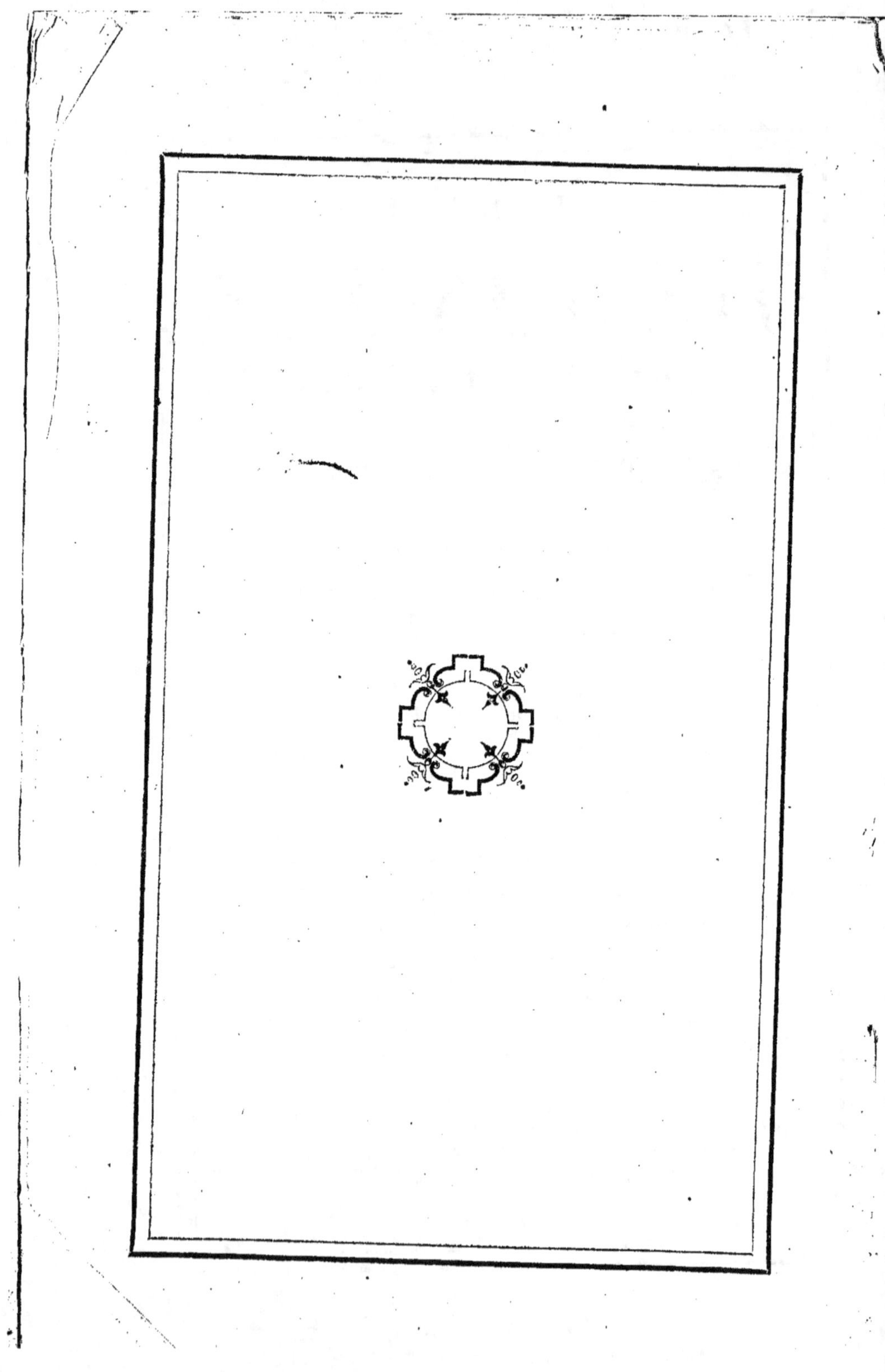

CATALOGUE

DE LIVRES

Gravures et Dessins

PROVENANT DE LA

BIBLIOTHÈQUE DE FEU M. VERNIQUET

ANCIEN ARCHITECTE DE LA VILLE DE PARIS

DONT LA VENTE AURA LIEU

RUE DES BONS-ENFANTS, N° 28, SALLE N° 2

le Samedi 14 Avril 1866

A SEPT HEURES DU SOIR

Par le ministère de Me **CHARLES PILLET**, Commissaire-Priseur,
rue de Choiseul, 11.

Assisté de **M. LAVIGNE**, Expert-Libraire de la Chambre des
Commissaires-Priseurs, rue de Trévise, 38.

Chez lesquels se distribue le Catalogue.

**Sciences et Arts, Belles-Lettres
et Histoire.
Livres d'Architecture; César Daly;
Ouvrages à figures; recueils de
Gravures; Poëtes anciens; recueils
d'Emblêmes.
Plan de Paris de Verniquet;
Documents Manuscrits,
Antiquités, Blasons, etc., etc.**

EXPOSITION PUBLIQUE, DE 2 HEURES A 4 HEURES.

PARIS

IMPRIMERIE DE A. PILLET FILS AÎNÉ

RUE DES GRANDS-AUGUSTINS, 5

1866

CONDITIONS DE LA VENTE

Elle sera faite au comptant.

Les Adjudicataires paieront, en sus du prix des adjudications, CINQ CENTIMES PAR FRANC.

Les livres vendus devront être collationnés sur place dans les VINGT-QUATRE HEURES de l'adjudication. Passé ce délai, ou une fois sortis de la salle de vente, ils ne seront repris pour aucune cause.

Les articles ne seront admis à rapport que dans le cas où ils seraient incomplets par enlèvement de feuillet ou portion de feuillet emportant du texte; ils ne seront pas repris pour taches, mouillures, déchirures, piqûres ou autres défectuosités.

NOTA. — Le Libraire chargé de la vente remplira les Commissions des personnes qui ne pourraient y assister. *(Affranchir.)*

Paris. — Typ. PILLET fils aîné, 5, rue des Grands-Augustins

CATALOGUE

DE LIVRES

GRAVURES & DESSINS

---

1. **Montaigne.** Essais. *Amsterdam*, 1781, 3 vol. in-12, port., v. br.

2. **De la Chambre.** Les Charactères des passions. *Paris, Rocolet*, 1640, in-4, v. br. (*Reliure très-fatiguée.*)

3. **Buffon.** Histoire naturelle générale et particulière. *Paris, Impr. royale*, 1749-1804, 35 vol. in-4, fig. noires, v. br. — Histoire naturelle, 15 vol. — Oiseaux, 9 vol. — Minéraux, 5 vol. — Supplément, 6 vol.

4. **Pott.** Lithogéognosie, ou Examen chimique des pierres et des terres en général, et du Talc, de la Topaze et de la Stéatite en particulier. *Paris*, 1753, 2 vol. in-12, v. br.

5. **Le Doux.** L'Architecture considérée sous le rapport de l'art, des mœurs et de la législation. *Paris*, 1804, gr. in-fol. 1er vol., texte complet, mais il n'y a que 38 pl.

6. Grevin (Iaques). Les Portraicts anatomiques de toutes les parties du corps humain gravez en taille douce par le commandement de feu Henry VIII, roi d'Angleterre. Ensemble l'abbrégé d'André Vésal et l'explication d'iceux, accomp. d'une déclaration anatomique. *Paris, Wéchel,* 1569, in-fol., fig., v. br. (*Il manque un feuillet.*)

7. Evclides Megarien. Les Éléments de la géométrie, trad. et restitués à leur ancienne breveté selon l'ordre de Théon. Auxquels ont été adioustez les quatorze et quinziesme d'Ipsicles Alexandrien, par Dovnot de Bar-le-Duc. *Paris, Le Roy,* 1610, in-4, fig., rel. en vélin. (*Mouillures.*)

8. Diophanti (Alex.). Arithmeticorum libri sex et de numeris multangulis cum commentariis Bacheti observationibus D. P. de Fermat. *Tolosœ, Bosc,* 1670, in-fol., v. br. (*Mouillures.*)

9. Bovrdin. Covrs de mathématiqves contenant en cent figvres vne idée générale de tovtes les parties de cette science, etc. 3ᵉ édit. *Paris, Bénard,* 1661, in-8, fig., v. br.

10. Orontij Finæi Delphinatis, regii mathematicarum Lutetiæ professoris, in eos quos de mundi sphæra conscripsit libros, ac in planetarum theoricas canonum astronomicorum libri II. *Lutetiæ,* 1553, in-4, fig., rel. en vél.

11. Dulaurens (Franc.). Specimina mathematica duobus libris comprehensa. *Parisiis,* 1667, in-4, v. br.

12. Hvmivs. Traicté de l'algèbre d'une méthode nouvelle et facile. *Paris, Boulenger,* 1635, in-12, rel. en vélin. (*Mouillures.*)

— 13. Viete (François). Introduction en l'art analytic, ou Nouvelle algèbre trad. en nostre langue par le sieur de Vau-Lezard. *Paris*, 1630, in-12, rel. en vélin.

14. Dettonville. Lettres contenant quelques-unes de ses inventions de géométrie. *Paris, G. Desprez*, 1659, in-4, fig., rel. en velin.

— 15. Brvgense (Simone Stevinio). Problematvm geometricorvm. *Antverpiæ*, s. d., in-4, fig., rel. en vél.

16. Descartes (Renato). Geometria anno 1637 gallice edita; nunc autem cum notis Fl. de Beaune opera atque studio Fr. a Schooten. *Lugd.-Batav.*, 1649, in-4, fig., v. br.

17. Henrion. L'Usage du compas de proportion, nouvellement revu par le sieur Deshayes. *Paris*, 1682, in-8, fig., rel. en vél.

18. Bosse. La Manière universelle de M. Desargues, Lyonnois, pour poser l'essieu et placer les heures et autres choses aux cadrans au soleil. *Paris*, 1643, pet. in-8, fig., rel. en vél.

19. Bélidor. Architecture hydraulique, ou l'Art de conduire, d'élever et de ménager les eaux pour les différents besoins de la vie. *Paris, Joubert*, 1737, 2 tomes en 4 vol. in-4, portr., fig., v. br.

20. Sphæra Joannis de Sacro Bosco emendata. Eliæ Vineti Santonis scholia in eandem sphæra ab ipso auctore restituta. *Lutetiæ*, 1557, in-8. — Dans le même vol.: Elvcidatio fabricæ vsvsqve astrolabii, Joanne Stofterino Jvstingensi authore. *Lutetiæ*, 1553, in-8, rel. en vél.

21. Copernic (Nic.). De Revolutionibus orbium cœlestium lib. VI. Habes in hoc opere jam recens nato et edito,

studiose lector, motus stellarum tam fixarum quam erraticarum, etc. Norimbergæ, apud *Johan. Petreium, Norimbergæ*, 1543, pet. in-fol. de 196 ff., fig., rel. en vél. (*Très-rare; il manque le titre et le 1ᵉʳ feuillet.*)

22. Keppleri (Joan.). De Stella nova in pede Serpentarii, et qui sub ejus exortum de novo iniit Trigono Igneo libellus astronomicis, physicis, metaphysicis, etc., accesserunt de stella incognita Cygni. De Jesu Christi servatoris vero anno natalitio. *Pragæ*, 1606, in-4. — Dans le même vol. : Snelii (*Willebrordi*) Descriptio cometæ, qui anno 1618 mense novembri primum effulsit. *Lugd.-Batav.*, 1619, in-4, v. br.

23. Jacquinot (Dominicq.). L'Usage de l'astrolabe, avec un petit traicté de la sphère. *Paris, Cavellat*, 1558, pet. in-8, fig., rel. en vél.

24. Niceron. La Perspective curieuse divisée en quatre livres, avec l'Optique et la Catoptrique du R. P. Mersenne. Œuvre très-utile aux peintres, architectes, sculpteurs, graveurs, et à tous autres qui se meslent du dessin. *Paris, Jean du Puis*, 1663, in-fol., port., titre grav., fig., v. br. (*Mouillures.*)

25. Belidor. La Science des ingénieurs dans la conduite des travaux de fortification et d'architecture civile. *Paris, Jombert*, 1839, in-4, fig., v. br.

26. Bitainviev (Silvère de). L'Art universel des fortifications françoises, hollandoises, espagnoles, italiennes, et composées. 2ᵉ édit., et augmentée de l'Art d'attaquer et de deffendre les places fortifiées. *Paris, du Breuil*, 1667, in-4, fig., v. br. (*Mouillures.*)

27. Errard de Bar-le-Duc. La Fortification démonstrée et réduite en art. *Paris*, 1604, in-fol., fig., v. br.

— 28. **Malthvs.** Pratiqve de la gverre, contenant l'vsage de l'artillerie, bombes et mortiers, fevx artificiels et pétards, etc. *Paris, Clousier*, 1650, in-4, fig., v. br.

29. **Collin de Plancy.** Dictionnaire infernal. *Paris*, 1826, 4 vol. in-8, dem.-rel. (*Il manque les figures et un titre. Taches.*)

— 30. **Lomazzo** (Iean Pol). Traicté de la proportion naturelle et artificielle des choses, trad. de l'italien en françois par H. Pader. Ouvrage nécessaire aux peintres, sculpteurs, graveurs, et à tous ceux qui prétendent à la perfection du dessin. *Tolose*, 1649, in-fol., fig., v. f., fil. (*Armes.*)

— 31. **Dvrer** (Albert). Les qvatre livres de Peinctre et Géométrien très-excellent de la proportion des parties et povrtraicts des corps hvmains, trad. par Loys Meigret. *Arnhem*, 1613, in-fol., fig., rel. en vél.

32. **Buchotte.** Les Règles du dessin et du lavis. *Paris, Jombert*, 1722, in-8, fig., v. br.

— 33. **Roland Freart,** Sr de Chambray. Idée de la perfection de la peinture. *Au Mans*, 1662, in-4, rel. en vél.

34. **Du Fresnoy** (Ch. Alph.). L'Art de peinture, trad. en françois, avec des remarques nécessaires et très-amples. *Paris*, 1668, in-8, v. br.

35. **Léonard de Vinci.** Traité de la peinture. *Paris, Giffart*, 1716, in-12, port., fig., v. br.

— 36. Conversations sur la connoissance de la peinture et sur le jugement qu'on doit faire des tableaux. Où par occasion il est parlé de la vie de Rubens et de quelques-uns de ses plus beaux ouvrages. *Paris*, 1777, in-12, v. br.

37. Recueil de descriptions de peintures et autres ouvrages faits pour le roy. *Paris, Cramoisy*, 1689, in-12, v. br.

38. De Piles. Cour de peinture par principes. *Paris*, 1708, in-12, v. br. — Du Fresnoy. L'Art de peinture. *Paris, Langlois*, 1684, in-12, v. br. Ens., 2 vol.

39. Bosse. Sentiments sur la distinction des diverses manières de peinture, dessein et graveure, et des originaux d'avec leurs copies. *Paris*, 1649, in-12, fig., rel. en vél. (*Mouillures.*)

40. Tortebat (Franç.). Abrégé d'anatomie accommodé aux arts de peinture et de sculpture. *Paris*, 1667, in-fol., fig., en feuilles. (*Mauvais état.*)

41. Vasari. Delle vite de' piv eccellenti pittori, scvltori c architettori. *Fiorenza, Guinti*, 1568, 3 vol. in-4, port., rel. (*Edition très-rare.*)

42. Bosse (Abraham). De la manière de graver à l'eau-forte et au burin. *Paris, Jombert*, 1745, in-8, fig., v. br.

43. Félibien. Des principes de l'architecture, de la sculpture, de la peinture et des autres arts qui en dépendent, avec un dictionnaire des termes propres à chacun de ces arts. *Paris, Coignard*, 1690, in-4, fig., v. br.

44. Florent le Comte. Cabinet des singularitez d'architecture, peinture, sculpture et graveure, dédié à Mansart. *Paris*, 1699, 3 vol. in-12, port., fig., v. f.

45. Bosse. Traité sur la pratique des ordres de colomnes de l'architecture nommée antique, 1662. — Dans le même vol. : Représentations géométrales, 1659. — Un ouvrage de Bosse, manuscrit, avec de nombreux dessins, in-fol., v. br.

46. **Daviler**. Cours d'architecture qui comprend les ordres de Vignole avec des commentaires, les figures et des- criptions de ses plus beaux bâtiments et de ceux de Michel-Ange. *Paris, Langlois*, 1691, 2 vol. in-4, fig., v. br.

47. **Marc Vitruve Pollion**. Architecture ou Art de bien bastir, mis de latin en françois par Jean Martin. *Paris*, 1547, in-fol., fig., v. f.

48. **Vitruve**. Reigle générale d'architecture des cinq ma- nières de colonnes, revue et corrigée par M. de Brosse; 2ᵉ édit. *Paris, de Marnef*, 1610, in-fol., fig., v. br.

49. **Vitruve**. Traité de l'architecture, où il est traité des cinq ordres de colomnes, mis en lumière par Pierre Daret. *Paris*, 1648, in-fol., fig., v. br.

50. **Serlio** (Sébast.). Livre extraordinaire d'architecture, auquel sont démontrées trente portes rustiques mes- lées de divers ordres et vingt autres d'œuvre délicate en diverses espèces. *Lyon, Jean de Tournes*, 1551, in-fol., fig., v. br. (*Armes.*) *Au verso des planches ont été collées diverses gravures anciennes, parmi lesquelles le Serpent d'airain gravé par Et. Delaulne, d'après Jean Cousin.*

51. **Vignole**. Reigne des cinq ordres d'architecture. *Am- sterdam, Danckers*, in-fol., port., 42 pl., br. (*Mouil- lures.*)

52. **Scamozzi** (Vincenzio) L'Idea della Architectvra vniver- sale. *Venetiis*, 1615, 2 vol. in-fol., fig., v. f., fil.

53. **De l'Orme** (Philibert). Œuvres. *Paris, Chaudière*, 1626, in fol., fig., v. f., fil. (*Armes.*)

— 54. De l'Orme (Phil.). Novvelles inventions povr bien bastir et à petit fraiz, trovvées n'agveres. *Paris*, 1576, in-fol., fig., rel. en vél.

55. Le Muet (Pierre). Manière de bien bastir pour toutes sortes de personnes, reveue, aug. et enrichie en cette seconde édition de plusieurs figures de beaux bâtiments et édifices. *Paris, Jean du Puis*, 1663, in-fol., fig., v. br.

56. Vriese (Hans de.) Architecture mécanique des puits. In-4 oblong, 24 pl., rel. en vel.

57. Le Clerc (Séb.). Traité d'architecture, avec des remarques et des observations très-utiles. *Paris, Giffart*, 1714, 2 vol. in-4, fig., v. br.

58. Nativelle. Les cinq ordres d'architecture, suivant Vignole. In-fol., v. rac., fil.

59. Neuforge (de). Recueil élémentaire d'architecture. *Paris*, 1757; 8 vol. in-fol., en feuilles (*Parties détachées contenant 477 planches, dont quelques-unes tachées d'humidité*).

60. Bosse. Traité des manières de dessiner les ordres de l'architecture antique en toutes leurs parties, avec plusieurs belles particularitez qui n'ont point paru jusqu'à présent, etc.; et enfin la pratique de trouver la place géométrale des jours, ombres et ombrages sur les corps géométraux. *Paris*, 1664; in-fol., fig., v. br.

61. Félibien (J. Fr. Sr des Avaux). Recueil historique de la vie et des ouvrages des plus célèbres architectes. *Paris, Mabre-Cramoisy*, 1687; in-4, v. br. (*Mouillures.*)

62. César Daly. Revue d'architecture et de travaux publics, 1840 à juin 1861; 19 vol. in-4, pl., br.

63. Blondel (Jacques-François). De la distribution des maisons de plaisance et de la décoration des édifices en général. *Paris, Jombert,* 1737; 2 vol. in-4, fig., v. br.

64. Blondel. Plan des bâtiments et jardins d'une maison à Genève. 11 pl. in-fol., en feuilles.

65. Derant (François). L'architecture des voûtes, traité très-util et nécessaire à tous architectes et généralement à tous ceux qui se meslent de l'architecture, même militaire. *Paris, Cailleau,* 1743; in-fol., fig., v. br.

66. Lepautre. Recueil d'ornements, vases, lambris de chambres et de galeries, frises et différents ornements à l'italienne, alcôves à l'italienne, etc. 122 pl. environ; in-4, oblong (*Recueil factice.*)

67. Lepautre et autres. 35 pièces : frises, vases, autels, sujets religieux, panneaux, ornements, etc.

68. Percenet. Recueil de vases. 5 pl. in-4, en feuilles.

69. Cinq panneaux d'après Tesséo, gravés par Volpato. 5 grandes feuilles.

70. Lenoir le Romain. Maisons de M. Berbisey. 12 pl., in-fol.

71. Un lot : Plans et élévations de diverses maisons, châteaux, etc., publiés par Mariette.

72. Plan des halles couvertes et incombustibles pratiquées pour les grains et farines en l'emplacement de l'ancien hôtel de Soissons; in-fol., avec un port. de Bignon, grav. par de Launay, d'après Drouais.

73. Douze planches : Pavillons de Mars, Jupiter, Mercure, la Victoire, Saturne, Hercule, Apollon, Bacchus, la Renommée, Diane, Vénus et Minerve; gr. in-fol., en feuilles.

74. MANSART. Portail de l'église de Saint-Eustache, 1 pl. — Content d'Ivry. Plan de l'église de la Madeleine, 4 pl. Façade du Château-d'Eau, 1 pl.

75. PALAZZI et autres. Arcs de triomphe; 7 pl., gr. in-fol.

76. MARIETTE. Plan de la maison de M. Guillot, 2 pl. — Plan de la maison de M. Crozat, 2 pl.

77. Coupe de l'escalier de la Reyne au château de Versailles, 4 pl. — Plan du rez-de-chaussée de la maison de M. Blouin, 1 pl. — Élévation d'un des deux pavillons du bosquet des dômes à Versailles, 2 pl. — Cornille. Plan d'une chaire à prêcher, 2 pl.

78. DE LA FOSSE. Tombeaux antiques, 5 pl. — Mansart, Oénort, Selouest, Blondel. Chapelles et Baldaquins, 5 pl.

79. CORNILLE. Plan et élévation d'un chœur d'église; 8 planches in-fol., en feuilles. — Plan et élévation d'un buffet d'orgue; 4 planches in-fol., en feuilles.

80. Recueil de pavillons, évolutions de marine, etc.; in-fol. — Recueil de vues italiennes; in-4. Ens. 2 vol.

81. CASSINI. Recueil de vues et monuments; in-4 oblong, 30 pl., br.

82. Recueil factice : plans de différentes villes d'Italie et d'Espagne. 25 planches; in-fol., rel. en vél.

83. Un Cahier. Têtes d'étude d'après différents maîtres. 21 planches, in-4.

84. Bas-reliefs d'après Raphaël. 24 planches in-4, oblong.

85. Recueil factice contenant environ 150 dessins, dieux et déesses de la Fable; in-4, rel. en vélin. (*Dessins à la plume du XVI° siècle, paraissant être tous de la même main, et dont l'auteur est inconnu.*)

86. Dix-neuf vues d'Italie; in-4, en feuilles.

87. PINELLI. Vues de Naples, 17 pl.; in-4, en feuilles.

88. Grands prix d'architecture; 3 cahiers in-fol.

89. Un lot de **26** portraits, d'après Cochin, Baugin, Ph. de Champagne, Bousquet, Gois, Larmessin, etc., etc.

90. 24 pièces imprimées en couleur d'après Boucher, Parocel, Adam l'aîné, Brenet, etc. Éventails en noir et en couleur.

91. Caricatures politiques; 25 pièces, lithographies et gravures en noir et en couleur. Extrait du *Miroir*, du *Réveil*, etc. Liste de MM. les députés à l'Assemblée nationale 1789-90, d'après Monnet, grav. par Godefroy.

92. Un lot de gravures diverses.

93. DESSINS ENCADRÉS, d'après Moreau. Paysages et élévations des serres du Jardin des Plantes, cour de l'École botanique, l'amphithéâtre du Jardin des Plantes. — Préau. Intérieur du Panthéon. — Verniquet. Élévation du Panthéon et divers autres monuments. — Plan du Jardin des Plantes tel qu'il était en 1739. — Thian. Divers paysages. — Denon, etc.

    Ce numéro sera divisé.

94. GRAVURES ENCADRÉES. Piranesi. Monuments de Rome, Londres, etc. — Porporati. Suzanne au bain avant la

lettre. — Tonay. Plusieurs pièces imp. en couleur. — Lecomte. Galerie des grotesques.
Ce numéro sera divisé.

95. Potain. Détails des ouvrages de menuiserie pour les bâtiments. *Paris*, 1778; in-8, fig., v. br.

96. Forty. Œuvres de serrurerie, appuis de fenêtres, balcons et rampes. 18 planches; in-fol., en feuilles.

97. Modèles de serrurerie dessinés par Babin Cevend. 9 pl.; in-4, en feuilles.

98. Justification de la Musique française, contre la querelle qui lui a été faite par un Allemand et un Allobroge. Adressée par elle-même au Coin de la Reine le jour qu'avec Titon et l'Aurore elle s'est remise en possession de son théâtre. *La Haye*, 1754; in-4°, v. br. — Dans le même vol., diverses pièces sur la musique.

99. Histoire de la musique et de ses effets depuis son origine jusqu'à présent, et en quoi consiste sa beauté. *Amst.*, 1726; 3 tomes en 2 vol. in-12, v. br.

100. Grandval. Essai sur le bon goût en musique. *Paris, Prault*, 1732. — Dans le même vol. : Réflexions sur quelques causes de l'état présent de la peinture en France. *La Haye, J. Neaulme*, 1747; in-12, v. br.

101. Recueil de pièces d'Opéra; 2 vol. in-4, d. rel.

102. Le grand Trictrac, ou méthode facile pour apprendre sans maître la marche, les termes, les règles et une grande partie des finesses de ce jeu. Nouv. édit. *Paris*, 1766; in-8, fig. v. br.

103. Virgile. L'Énéide et les Bucoliques, en latin et en français, avec des remarques utiles fort amples, accomp.

d'un traité du poëme épique, par de Marolles. *Paris,
G. de Luyne*, 1662; 3 vol. in-8, titres grav., v. br.

104. Anacréon. Sapho, Bion et Moschus, trad. nouv. en
prose, suivie de la Veillée des fêtes de Vénus. *Paris,
Bastien*, 1780; in-8, fig. d'Eisen, v. br.

105. Belleau (Rémy). Œuvres poétiques. *Lyon*, 1592;
2 tomes en 1 vol. in-12, rel. en vel. (*Il manque le titre
et le dernier feuillet du tome Ier.*)

106. Ronsard (Pierre). Œuvres, reveues et augm., illus-
trées de commentaires et remarques. *Paris, Buon*,
1623; 2 vol. in-fol., titre grav., 10 portraits de Th. de
Leu, v. br. (*Mouillures*). (*Rare.*)

107. La Fontaine. Fables choisies, mises en vers, nouv.
édit. gravée en taille-douce; les fig. par Fessard; le
texte par Montulay. *Paris*, 1765; 6 tomes en 3 vol.,
in-8, v. br.

108. Destouches (Néricault). Le Philosophe marié, ou le
Mary honteux de l'être, comédie en vers en cinq
actes. *Paris, Breton*, 1727; in-8, v. br. *Edition origi-
nale, rare.*

109. Camerario (Ioach). Symbolorvm et emblematvm ex
re herbaria desvmtorvm. *Francofvrti*, 1654; 3 parties
en 1 vol. in-4, fig., rel. en vel.

110. Baudoin (I). Iconologie, où les principales choses qui
peuvent tomber dans la pensée, touchant les vices et
les vertus, sont représentées soubs diverses figures, gra-
vées en cuivre, par Jacques de Bie. *Paris*, 1643; in-fol.,
fig., v. br.

111. Histoire du chevalier des Grieux et de Manon Lescaut.
Amsterdam, 1753; 2 vol. in-12, fig., d. rel.

112. VOITURE. Œuvres, 5ᵉ édit. *Paris, Covrbe*, 1656 ; in-4, titre gr., v. br.

113. BALZAC. Lettres choisies. *Amsterdam, Elzeviers*, 1696 ; in-12, titre grav., v. br.

114. DE LA SUZE (Mᵐᵉ) ET PELISSON. Recueil de pièces galantes, en prose et en vers. *Trévoux*, 1725 ; 4 tomes en 2 vol. in-12, v. br.

115. SCARRON. Œuvres burlesques, 3ᵉ part. Paris, Toussaint, Quinet, 1650 ; in-4, rel. en vél.

116. Apollonii Pergaeus. Conicorum libri IV cum commentariis Claudii Richardi. *Antverpiae, Verdvssen* 1655 ; in-fol., fig., v. br.

117. Atlas historique ou Nouvelle introduction à l'histoire, à la chronologie et à la géographie ancienne, représentée dans de nouvelles cartes, par M. C***, avec des dissertations sur l'histoire de chaque état, par Gueudeville. *Amst., Chatelain*, 1739 ; 7 vol. in-fol., fig., rel. en vél. (*Il manque le tome* 5.)

118. DE FER. Introduction à la géographie, avec une description historique sur toutes les parties de la terre. *Paris, Danet*, 1717 ; in-8, texte grav., pl., v. br. (*Mouillures.*)

119. VIVANT DENON. Voyage dans la Basse et Haute Égypte, pendant les campagnes du général Bonaparte. *Paris, Didot l'aîné*, 1802 ; in-4, et atlas in-fol., cart. n. rog.

120. Les vies des saints Pères des déserts et de quelques saintes, écrites par des Pères de l'Église ; trad. en françois par Arnaud d'Andilly. *Paris, Josse*, 1704 ; 3 vol. in-8, v. br. (*Manque la table et les premiers feuillets du tome* 3.)

121. Inventaire des titres, pièces et renseignements concernant la Confrérie du Très-Saint-Sacrement érigée en l'église paroissiale de Saint-Sulpice, 1788 ; in-fol., manuscrit, mar. rouge, tr. dor.

122. Recueil de pièces présentées par les PP. Jésuites à la S. Congrégation pour répondre à l'écrit intitulé : Questions de la Chine, 1700 ; in-12, v. f. (*Armes.*)

123. SAINT FOIX (de). Histoire de l'ordre du Saint-Esprit. *Paris, Didot l'aîné,* 1771 ; 4 vol. in-12, d. rel. (*Il manque le titre du tome Ier.*)

124. Les Commentaires de César. *Paris, Avg. Courbe,* 1650 ; — in-4, fig., mar. rouge, fil. tr. dor.

125. JOLLOIS. Histoire de la vie et des exploits de Jeanne d'Arc. *Paris, Killian,* 1821 ; in-fol., 12 pl. en feuilles.

126. Nouvel abrégé chronologique de l'histoire de France, contenant les événements de notre histoire depuis Clovis jusqu'à la mort de Louis XIV. *Paris, Prault,* 1746 ; in-8, fig., v. f., fil. tr. dor.

127. Ludovico Magno theses ex universa philosophia dicat et consecrat Ludovicus a Turre Aruerniae princeps Turennius, *Propvgnabit,* 1679 ; in-fol., fig., br. (*Mauvais état.*)

128. Mémoires historiques de Stéphanie-Louise de Bourbon Conti, écrits par elle-même. *Paris,* an VI, 3 tomes en 1 vol., port., v. rac., fil. tr. dor.

129. NEMEITZ. Séjour de Paris, c'est-à-dire, instructions fidèles pour les voyageurs de condition, comment ils se doivent conduire, s'ils veulent faire un bon usage de leur temps et argent durant leur séjour à Paris. *Leide,* 1727 ; 2 vol. in-12., fig., v. br.

130. Piganiol de la Force. Description des chasteaux et
   parcs de Versailles et de Marly. *Paris*, 1743; 2 vol.
   in-12, fig., v. br.

131. Verniquet (Edme). Atlas du Plan général de Paris, en
   72 planches, ordonné par S. M. Louis XVI et gravé
   en vertu d'un privilége du roi, présenté par la fille
   et unique héritière de l'auteur à S. M. Louis XVIII le
   jour de son entrée à Paris, le 3 mai 1814; in-fol., en
   feuilles.

132. Verniquet. Matériaux manuscrits ayant servi à l'éta-
   blissement du Plan de Paris. 370 plans-minutes des
   rues de Paris. Environ 760 plans des rues de Paris.
   Cette collection unique renferme plus de 1,100 piè-
   ces, et peut être d'une grande utilité aux personnes qui
   s'occupent de travaux sur Paris.
   Une liste détaillée des pièces composant cette collec-
   tion sera communiquée aux amateurs.

133. Les Délices de la France, ou Description des provinces,
   villes principales, maisons royales, châteaux et autres
   lieux remarquables de ce beau royaume. *Leide*, 1728,
   2 vol. in-12, fig., v. br.

134. Paradin (Guill.). Annales de Bourgogne, de l'an 1378
   à 1482. *Lyon, Ant. Gryphius*, 1566, in-fol., v. br. (*Il*
   manque le titre et plusieurs feuillets.)

135. Fabert (Ab.). Voyage du roy (Henry IV) à Metz,
   l'occasion d'iceluy : ensemble les signes de réjouys-
   sance faits par ses habitants pour honorer l'entrée de
   Sa Majesté. 1610, in-fol., fig., rel. en vél.

136. Les Délices de la Hollande, contenant une description
   exacte du païs, des mœurs et des coutumes des habi-
   tans. *La Haye*, 1710, 2 vol. in-12, fig., v. f.

137. Histoire générale des Païs-Bas, contenant la description des xvii provinces. *Brusselles*, 1743, 4 vol. in-12, fig., v. br.

138. Les Délices des Païs-Bas, ou Description générale de ses dix-sept provinces. *Brusselles*, 1700, in-12, fig., v. br.

139. Rogissart. Les Délices de l'Italie, ou Description exacte de ce pays, de ses principales villes et de toutes les raretez qu'il contient. *Leyde*, 1706, 3 vol. in-12, fig., v. br.

140. Geliot (Lovvan). Indice armorial, ov Sommaire explication des mots vsitez au blason des armories. *Paris, Billaine*, 1535, in-fol., fig., rel. en vél.

141. Baron. L'Art héraldique, contenant la manière d'apprendre facilement le blason. Nouv. édit., revue par M. Playne. *Paris*, 1693, in-12, fig. noires et col., v. br.

142. Livre du blason, contenant une ample explication des métaux et couleurs, avec leurs significations, les huict points de l'écu des différentes couronnes et tenants pour l'usage des armoiries. *Paris, Waneck*, in-fol., 23 feuilles.

143. Spalart. Versuch uber das Kostum der vorzuglichsten Volker des Alterthums. Nach den bewahrtesten Schriftstellern bearbeitet. *Wien*, 1796, 3 vol. in-8 et atlas in-4, fig. col., dem.-rel.

144. Piranesi. Parties séparées. Campo Martio, Tempi et Basilica di Roma. In-fol., rel. et en feuilles.

145. Pronti (Domenico). Nuova raccolta di 100 vedutine antiche della citta di Roma e sue vicinanze. *Roma*. 2 tomes en 1 vol. in-4, br.

146. Bartoli (P. S.). Gli antichi sepolcri ovvero mausolei romani ed etruschi. *Roma*, 1727, in-fol., 110 pl., rel. en vél. (*Taches dans la marge supérieure.*)

147. Ciacconus (Alph). Historia utriusque belli Dacici a Trajano Cæsare gesti, ex simulacris quæ in columna ejusdem Romæ visuntur collecta. *Romœ*, 1616 ; in-fol., 130 pl., rel. en vél. (*Mouillures et piqûres.*)

148. Bellori (Pietro). Le pitture antiche delle grotte di Roma e del sepolcro de' Nasoni, disegnate et intagliate da P. Sante Bartoli e Franc. Bartoli ; descritte ed illustrate da Bellori e Mich. Ang. Causei de la Chausse. *Roma*, 1706 ; in-fol., 75 pl., v. br.

149. Gli ornati delle pareti ed i pavimenti delle stanze dell' antica Pompei incisi in Rame. *In Napoli*, 1796 ; 2 tomes en 1 vol. gr. in-fol., fig., v. rac. dent.

150. Nuova raccolta delle piu belle vedute di Roma dissegnate e intagliate da celebri autori. *Roma*, 1758 ; in-fol. oblong, 91 pl. (*la plupart de Piranesi et de Duflot*), cart. n. rog.

151. Nuova raccolta delle piu interessanti vedute di Roma e sue vicinanze come si vedono al presente. *Roma*, 1819 ; in-4 oblong, 50 pl., br.

152. Histoire de l'Académie royale des sciences et des belles-lettres de Berlin, 1745 à 1767 ; 24 vol. in-4, cart.

153. Plutarque. Les Vies des hommes illustres grecs et romains, translatées par Jaques Amyot. 1583 ; in-fol., port., d. rel.

154. Perrault. Les hommes illustres qui ont paru en France pendant ce siècle, avec leurs portraits au naturel. *Paris, Dezallier*, 1696-1700 ; 2 tomes en 1 vol. in-fol., v. br. (*Exempl. du 1ᵉʳ tirage, mais sans les portraits d'Arnault et de Pascal.*)